BIBLIOTHÈQUE
RELIGIEUSE, MORALE ET CLASSIQUE

Publiée avec approbation

DE MONSEIGNEUR L'ÉVÊQUE DE LIMOGES

6ᵉ série IX-12.

LE
RETOUR D'AFRIQUE

OU

LE CAPITAINE L'ESPÉRANCE

ET

LE BARBIER PERRUCHON

Par William d'Arville

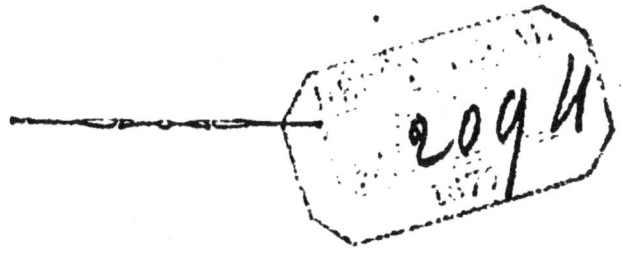

PARIS
LIBRAIRIE D'EDUCATION
Gérant : AMABLE RIGAUD, Editeur
33, Quai des Augustins, 33

LE
RETOUR D'AFRIQUE,
ou
LE CAPITAINE L'ESPÉRANCE ET LE BARBIER PERRUCHON

I

Retour d'Afrique au pays natal. — Conversation entre le
capitaine l'Espérance et son sergent. — Un petit mot d'ex-
plication sur la jeunesse du capitaine. — Comment et
pourquoi il s'était engagé. — Ce qui lui arriva dans les
premiers mois. — Le « as-tu vu Jérôme Perruchon, camarade? » occasionne des luttes et des désordres. — Jérôme
Perruchon devant le colonel. — Il est envoyé en Afrique.

— Enfin nous arrivons, sergent; tu vois
sur la gauche ces petites montagnes cou-
vertes d'arbres jusqu'au sommet; des vallées assez profondes les séparent, mais tu
ne peux les voir du lieu où nous sommes;
eh bien! moi je les vois avec leur verdure,
leurs petits ruisseaux bordés de saules et de
joncs; je les vois comme si j'y étais; je suis

leurs détours et je pourrais encore dire : là se trouve un rocher saillant sous lequel on peut s'abriter en temps de pluie; tout près s'étale un gazon si épais, si moelleux que l'envie vous prend de vous y étendre pour vous reposer. Cependant, près de vingt ans se sont écoulés depuis que j'ai parcouru ces vallées, y cherchant, ignorant que j'étais alors, les nids des petits oiseaux pour en enlever les œufs ou les petits. Je ne réflé-chissais pas aux douleurs que je causais à ces pauvres êtres que je privais des plus douces jouissances qu'ils puissent goûter durant leur vie, et au tort que je causais aux productions de la terre, dont ils dévo-rent les plus insatiables ennemis; non, je ne pensais point à cela, sergent; jamais je ne l'avais entendu dire dans ma famille, et je suivais les exemples des autres enfants aussi ignorants que moi sur ce sujet.

C'est ainsi que parlait, à son serviteur et ami, un capitaine de zouaves, dont le vi-sage, décoré d'une large balafre, et le teint bronzé, attestaient les services militaires sous le soleil brûlant de l'Algérie, et contre les Arabes au yatagan recourbé. Après avoir obtenu une retraite anticipée pour cause de blessures et d'incapacité de soutenir plus longtemps le rude métier du soldat, il revenait dans son pays natal, décoré de la croix de la Légion d'Honneur.

Depuis son départ du pays, il n'avait pas écrit une seule fois aux parents qui lui restaient, car il était alors orphelin, et ceux-ci ne s'étaient guère enquis de ce qu'il était devenu ; la cause en était juste jusqu'à un certain point : celui que nous voyons aujourd'hui capitaine, décoré et retraité, avant de s'engager, était un fort méchant drôle, faisant niche à tous les voisins de l'oncle qui l'avait recueilli après la mort de ses parents, et n'épargnant pas même les pratiques de l'oncle Perruchon, barbier de profession et alors fort achalandé.

Les adieux qu'il reçut furent à peu près ceux-ci :

« Tu as bien fait de t'engager, mauvais sujet; c'est la seule bonne chose que tu aies faite depuis que tu es au monde. Nous sommes heureux d'être débarrassés d'un pareil être : il vaut mieux que tu ailles te faire fusiller ailleurs que de te faire condamner dans le pays, et couvrir de honte ta famille. »

L'engagé volontaire, après avoir entendu de pareils adieux, n'embrassa ni son oncle, ni sa tante, ne donna aucune poignée de main aux voisins, que son départ réjouissait, et se mit en route, portant, au bout d'un bâton, un bagage peu embarrassant. Cela ne l'inquiéta point : le gouvernement n'allait-il pas le nourrir, le vêtir et le loger? Maître Jérôme Perruchon, car tels étaient ses noms de famille et de baptême, partit l'esprit léger ainsi que le pied, et ne se détourna que lorsqu'il eut atteint la hauteur qui dominait sa ville natale. Ce qui prouve que tout bon sentiment n'était pas éteint en lui, c'est qu'il éprouva quelque chose qu'il n'avait jamais connu, et il sentit ses yeux s'humecter. Dès qu'il eut repris sa marche, ce sentiment s'évanouit comme la fumée disparaît dans l'air au dessus du tuyau d'une cheminée. Il arriva gai au régiment, ayant vendu en route toutes les parties de son vêtement, dont il pouvait décemment se dépouiller.

Il ne put pas payer sa bienvenue, il n'avait pas un rouge liard, ce qui le fit regarder de travers par les anciens, habitués à de pareilles aubaines, surtout quand ceux qu'ils appelaient, avec raison, les vendus, arrivaient au corps la bourse bien garnie et en régalaient les nouveaux camarades. Une autre cause contribua aussi à lui rendre ses premiers mois de services fort désagréables. Son nom de Perruchon devint un nom si connu, si répété, que deux soldats ne se rencontraient pas sans se héler, avec ces mots :

« Eh ! camarade, as-tu vu Perruchon ? »

1..

Jérôme, en sa qualité de mauvais sujet, était fort peu endurant, c'est-à-dire fort susceptible; en outre, il possédait à fond la science du bâton, et boxait comme un Anglais. Les camarades apprirent bientôt qu'il ne fallait pas pousser trop loin la plaisanterie; plus d'un alla passer quelques jours à l'infirmerie, et Jérôme Perruchon, plusieurs jours pour sa part à la salle de police et même en prison... le « eh! camarade, as-tu vu Perruchon? » n'en tomba pas pour cela dans l'eau; il devint tellement à la mode que rien n'y fit : ni coups de poing, ni luttes, ni défense de la part des officiers ne l'arrêtèrent. Il avait la vogue.

Quelques mauvaises têtes, comme il s'en trouve partout, prirent fait et cause pour Jérôme Perruchon, le soldat admire celui qui montre du courage, et bientôt il y eut deux partis dans la compagnie. Les punitions pleuvaient, mais elles avaient le sort des gouttes d'eau qui tombent sur les sables embrasés du désert, elles ne produisaient

rien, que peut-être un peu plus d'irritation
dans les esprits. La discipline en souffrait, il
fallut faire changer de corps à ce chenapan
de Jérôme Perruchon.

Le colonel, qui connaissait ses exploits
par les nombreux rapports qui lui parve-
naient, fut curieux de voir ce trouble discipline et le fit comparaître devant lui, un
certain jour que lui, colonel, avait copieuse-
ment dîné; il n'en était pas de même pour le
pauvre diable de Jérôme, qui sortait de prison ! De sa personne il était agréable; figure
ouverte, yeux hardis, taille ordinaire, mais
bien prise : sa moustache naissante lui donnait un air tout-à-fait martial; sans un
œil encore un peu poché, et le désordre de
l'uniforme qu'il ne soignait pas en prison,
Jérôme Perruchon eût été alors un troupier
fort avenant. Après un bon dîner, on a ordinairement le caractère disposé à la bienveillance; ce fut donc sans prendre ce ton de
pacha que se permettent souvent les supé-
rieurs militaires, que le colonel, après avoir

un instant toisé du regard son intime infé-
rieur, et presqu'admiré la grâce avec laquelle il avait fait le salut militaire, lui dit :

— Dis donc, jeune troupier, m'explique-
ras-tu pourquoi, depuis que tu es au corps,
les rapports qui m'arrivent sont chargés de
punition à cause de toi ?

— Oui, mon colonel, répondit hardiment
Jérôme, si auparavant vous me faites la fa-
veur de m'expliquer pourquoi, parce que je
me nomme Jérôme Perruchon, les camarades, du matin au soir, d'une chambrée à
l'autre, crient sans cesse : Eh ! camarade,
as-tu vu Jérôme Perruchon ? Eh bien ! mon
colonel, je m'approche des brailleurs, sans
avoir peur du nombre, et je leur dis : Le
voilà Perruchon, disposé à vous répondre,
l'un après l'autre, autant que vous êtes, et
même à tous ensemble si vous êtes assez
lâches pour tomber tous sur moi. Vous pen-
sez bien, mon colonel, que le mot lâches
hérisse les moustaches, et de là arrivent
les luttes.

Le colonel l'avait écouté en réprimant un sourire. Il voyait devant lui l'étoffe d'un vaillant soldat, mais il fallait rétablir la tranquillité autrement que par des punitions irritantes. L'idée lui vint de le faire incorporer dans les zouaves et de l'envoyer en Afrique, où Abdel-Kader donnait alors du fil à retordre aux troupes françaises. Mais comme un colonel ne doit jamais donner raison à un troupier, cause de désordre, il lui dit, avec une dûreté feinte :

— Toûtes tes raisons ne sont pas des raisons ; et je vais t'envoyer en Afrique dans les compagnies de discipline.

— Dans les compagnies de discipline, mon colonel, mais je n'ai jamais manqué de respect à mes chefs, même au dernier caporal ; je me suis battu parce que les camarades m'insultaient. Est-ce que je mérite être envoyé dans les compagnies de disciplines pour cela ?

Ces paroles furent prononcées d'un air

respectueux, mais d'un ton ferme et résolu.
Le colonel en fut presque touché : sous le
rapport de l'obéissance aux chefs, il n'exis-
tait en effet aucune plainte contre lui.

— Eh bien ! lui dit-il, tu n'en iras pas
moins en Afrique, et tu seras incorporé dans
un régiment de zouaves... On s'y bat, mais
contre l'ennemi.

— Vive mon colonel, s'écria Jérôme en
lançant en l'air son bonnet de police !

Ce fut dit et fait d'un ton si comique, que
le colonel ne put s'empêcher de rire.

— Oui, tu iras dans les zouaves; mais
j'ai un conseil à te donner. Il faut change-
ton nom : les zouaves sont les plus rail-
leurs de nos troupiers, et ce sont de rudes
gaillards.

— Changer mon nom, fit Perruchon par
peur d'une brossée; oh ! non... Mais, tout
de même, en y réfléchissant, je trouve votre
conseil bon. Je n'y tiens pas beaucoup au

Perruchon ; faites-moi l'honneur d'être mon parrain, colonel, cela me portera bonheur.

— Tu es un plaisant drôle, dit le colonel en riant de bon cœur ; voyons, quel nom veux-tu que je te donne.

— Mon colonel, c'est le parrain qui le choisit.

— C'est juste, fit le colonel ; mais aide-moi à chercher ?

— Vous plairait-il de me nommer l'Espérance, mon colonel ?

— Soit, fit le colonel un peu étonné ; tu as donc de l'ambition ?

— Mon colonel, j'ai entendu dire que tout soldat français avait un bâton de maréchal dans sa giberne.

— Tu aspires à devenir maréchal de France, fit le colonel d'un air un peu méprisant ?

— Dame, répondit Jérôme Perruchon

bien d'autres sont montés plus haut, quoique sortis d'aussi bas que moi!

— Tu as de l'esprit, troupier; mets du plomb dans ta tête, et je t'envoie en Afrique sous le nom de Jérôme l'Espérance.

— Laissez en France le Jérôme, dit-il au colonel, il faut que j'arrive au nouveau corps, tout de neuf habillé...

— Tiens, dit le colonel en lui donnant un louis, voilà le cadeau que te fait ton parrain : rappelle-toi que tu te nommes l'Espérance, et justifie ton nouveau nom par une conduite exemplaire; use sagement de ton courage, et j'apprendrai avec plaisir que je t'ai porté bonheur. Ne retourne point au quartier, et viens demain chercher une feuille de route pour Marseille.

— Que je trouve des chefs comme vous, mon colonel, fit-il d'une voix pleine d'émotions, et vous entendrez parler de moi.

Il fit un profond salut militaire et se retira

Arrivée à l'hôtel. — Repas. — Conseils du capitaine. — Le sergent va en reconnaissance. — Son rapport au capitaine. — Un mauvais sujet est comme un malheur qui passe sur un pays, et y laisse de longs souvenirs. — Ce à quoi le capitaine avait été occupé en pensées.

Dans le chapitre précédent, nous avons dit de l'histoire de Jérôme tout ce qu'il était nécessaire d'en raconter pour expliquer ce qui va suivre.

La diligence s'est arrêtée à l'hôtel, le capitaine est dans sa ville natale. Trois chambres sont retenues pour un voyageur qui doit y faire un assez long séjour, et le ser-

gent, dont nous devons indiquer le nom, a
veillé à la descente et au transport des malles dans les chambres louées; il répondait
au nom de Bédaoui, ce qui veut dire, en
arabe, habitant du désert, et dont les Français ont fait Bédouin, affaire de prononcia-
tion. Le sergent, comme les princes, avait
plusieurs noms : au régiment on le connaissait sous le nom de l'Ordonnance, et sur
les registres de l'état civil, il portait le nom
de Robert Arnulf; il était Alsacien de nais-
sance. Tandis que cet aménagement avait
lieu, le capitaine l'Espérance était assis devant une fenêtre ouvrant sur la ville, et la
parcourait du regard. Bien des choses
avaient changé depuis son départ; le clocher seul de l'église était resté ce qu'il l'a-
vait vu dans son enfance. Ces choses-là
durent longtemps !

— Et la population, se dit-il, quels chan-
gements n'a-t-elle pas subis ! Mon oncle et
ma tante ne sont probablement plus de ce
monde, et mon aimable cousin, qui me fit

administrer tant de calottes par ses rapports
contre moi, doit maintenant régner en maître derrière l'enseigne au plat à barbe...
et le vieux cordonnier, à qui je jouai tant
de mauvais tours, est sans doute mort, et les
autres aussi probablement. Je ne serai connu
de personne; d'ailleurs je me nomme le capitaine l'Espérance et... je ne porte plus ce
vilain nom de Jérôme Perruchon, qui m'a
tant fait donner et tant recevoir de gour-
mades! Mangeons un morceau, puis nous
ferons un tour de ville, et nous verrons si
elle s'est habillée de neuf; après vingt ans
ses vieux habits devraient être usés... Le
sergent l'Ordonnance doit avoir faim, il con-
tinuera de manger avec moi, pour que je
continue à surveiller l'affection excessive
qu'il porte aux liqueurs alcooliques.

Ils se mettent à table, le sergent a la face
un peu rouge.

— L'Ordonnance, tu as dépassé mon ordonnance, dit le capitaine en jouant sur les
mots!

— Histoire de se rafraîchir, mon capitaine; quand on a su que nous devions faire un assez long séjour ici, on m'a offert un verre de vin et nous avons vidé deux bouteilles.

— Et comment trouves-tu le vin de mon pays, sergent?

— Bon petit vin, qui se laisse agréablement boire, capitaine.

— Cela veut dire que tu l'as bu agréablement sergent?

— C'est comme vous le dites, capitaine. J'avais chaud, et les malles sont lourdes : j'ai voulu veiller à leur transport, surtout à celle qui renferme les boudjous...

— Après la soif vient la faim, sergent. Mange cette aile de poulet.

— Cela fera tout au plus une bouchée, capitaine; mettez le poulet entier, il y en a deux. Nous avons mal dîné, au dernier relai.

— Il faut que je t'envoie en éclaireur dans la ville, sergent, et un éclaireur doit avoir la tête calme.

— S'il en est ainsi, capitaine, une bouteille me suffit, avec le café et le petit verre. Cela pris, je serai aussi calme qu'un marabout. Quelles sont vos instructions, capitaine ?

— Tu iras dans la rue de la Sonnerie, et tu t'informeras d'un perruquier du nom de Perruchon.

— Est-ce que je ne puis pas aussi bien vous raser que lui, capitaine ? me *dégommez-vous* ; je rasais au régiment ?

— Non, mon ami, mais je veux savoir s'il existe encore.

— Ah ! bon, je commence à comprendre : après ; s'il n'existe plus. qui faudra-t-il demander, capitaine ?

— Il faudra demander le nom de son successeur.

— Est-ce tout, capitaine?

— Oui, mon ami, tout pour ce soir ; mais tu bois trop, sergent, tu vas me faire quelque sottise!

— Oh! non ; je ne suis jamais plus avisé que quand je suis entre deux vins.

— Tu sais que ta manière d'agir est contraire à la mienne, mon ami : bois un verre d'eau, puis le café et le petit verre viendront.

— Ne pensez-vous pas qu'ils pourraient faire mauvais ménage, capitaine?

— Non, mon ami ; le verre d'eau qui aurait dû être distribué dans ton vin, arrivera comme un calmant, et ta tête s'en trouvera mieux!

— Puisque vous le dites, capitaine, cela doit être vrai.

Il avala, en grimaçant, un grand verre d'eau.

Le café, le petit verre étant venus le réconcilier avec l'eau, le sergent serra son ceinturon et se prépara à sortir.

— Ecoute, lui dit le capitaine; si on te demande la cause de tes questions, tu répondras que tu as eu un camarade du nom de Jérôme Perruchon, et qu'il t'a chargé, puisque tu devais passer dans son pays, de t'informer de sa famille, dont il n'a pas eu de nouvelles depuis bien des années; tu les laisseras causer sur le compte de ce prétendu camarade.

— On obéira à la consigne, capitaine, et je leur tirerai plus d'un ver du nez.

— Dieu veuille que tu n'en tires pas trop, mon ami, et que tu sois aussi prudent que lorsque tu allais surveiller les avant-postes.

— N'allez pas croire, capitaine, que je vais me montrer plus bête en France qu'en Afrique.

— Non certes, sergent, mais là-bas il

s'agissait de faire parler la poudre, et ici il ne s'agit que de faire parler la langue.

— Suffit, suffit, capitaine, nous avons aussi notre tactique pour la langue. Mais, à propos, il faut que je me fasse aider pour monter la petite malle qui est restée en bas, avec les autres bagages : le garçon qui la soutenait quand nous l'avons descendue de voiture, a fait la remarque qu'elle était bien lourde pour sa taille ; peut-être serait-il curieux de voir ce qu'il y a dedans.

— Je ne crains point cette curiosité, sergent ; mais tu as raison, je vais t'aider à la porter dans cette chambre.

Le transport fait, le sergent sortit et le capitaine alla s'accouder sur le support de la fenêtre : de là il pouvait embrasser toute la partie haute de la ville. Il tomba dans une étrange rêverie : les jours de son enfance et de sa jeunesse lui revinrent à la mémoire... Tantôt il souriait, tantôt il s'attristait, puis il redevenait calme et rêveur ;

c'est que, dans les souvenirs que cette vue
éveillait en lui. il y en avait de riants, et
aussi beaucoup de tristes. Il était enfant
quand il avait perdu ses parents, à peine
se rappelait-il leurs traits; mais ceux de
l'oncle qui l'avait recueilli, et surtout ceux
de sa femme étaient profondément gravés
dans sa mémoire. Son oncle eût été bon
pour lui, il le reconnaissait, mais il était sous
la domination de Catti, sa femme, et Catti
qui n'était pas mignonne pour son fils uni-
que, ne pouvait guère l'être pour un neveu
d'un caractère indomptable ? Quand l'oncle
Ambroise ne corrigeait pas à son gré, elle
avait hâte d'apporter un supplément de correction, et Catti jouait admirablement du
manche à balai : c'étaient les souvenirs de
ces suppléments de corrections qui attris-
taient le visage du capitaine, et ceux des
tours qu'il leur avait joués ainsi qu'aux voisins. le faisaient encore sourire.

Les joies du passé se représentent en nous
plus calmes, plus douces, et nous nous

y complaisons; mais les mauvais jours se
retracent avec d'autant plus d'amertume
qu'on comprend mieux le juste ou l'injuste
de leurs causes : l'irritation et le regret sont
alors plus accentués. Le capitaine se trouvait dans cette situation d'esprit et no s'a-
percevait pas que les heures s'écoulaient et
que l'ombre du soir commençait à s'étendre
sur le tableau qu'il avait sous les yeux. Il
se dressa tout à coup et dit :

— C'était la veille d'un pareil jour que je
quittai cette ville, et que ma douce tante
m'administra une volée de coups de balai.
On a raison de dire qu'à quelque chose
malheur est bon, car si je n'avais pas reçu
cette tendre correction, je ne me serais pas
engagé le lendemain. Que serais-je devenu
avec un caractère comme le mien, avec les
habitudes de libertinage que j'avais contrac-
tées? Ma foi, les prédictions de ma tante
Catti se seraient peut-être réalisées : combien de fois ne m'a-t-elle pas dit : « Tu te
feras pendre, mauvais sujet, tu n'as que

cette fin en perspective ! » Il est vrai que j'allais bon train vers cette fin prédite par ma tante. J'avais, tout jeune encore, commencé par le maraudage : je vois d'ici plus d'un jardin que j'ai dépouillé de ses fruits; au loin, dans les campagnes, les pommes, les poires et particulièrement les raisins me payaient leur tribut : tout m'était bon. Je crois, en vérité, que je faisais le mal pour le plaisir de le faire ! Plus âgé, je devins querelleur, joueur et buveur. La tante avait donc raison de me prédire une triste fin ; mais avait-elle raison, puisqu'elle m'avait adopté, de négliger mon éducation, de réformer mes défauts avec violence et des injures ? Une telle éducation forme un calus sur l'âme, comme un travail manuel en forme un dans la main. Les enfants sont ce qu'on les laisse devenir, et le changement qui s'est opéré en moi prouve que je n'étais pas incorrigible, mais que j'étais mal corrigé.

Le capitaine en était là de son soliloque

lorsque le sergent revint. Il est bon de re·
marquer qu'il ne connaissait aucun des an·
técédents de son capitaine, et qu'il était loin
de se douter que le capitaine l'Espérance, car
il ne l'avait connu que sous ce nom, fût le
mauvais sujet dont le souvenir s'était con·
servé dans le pays, après tant d'années écou·
lées. Aussi ne se gêna-t-il point pour racon·
ter tout ce qu'il avait appris. Voici quel fut
son début :

— Où diable, capitaine, avez-vous pu
faire la connaissance de ce chenapan de
Jérôme Perruchon; je ne l'ai point connu
en Afrique. Il paraît qu'il devait être dans
les compagnies de discipline ou au bagne :
mais vous ne devez pas connaître les gens
du bagne, et n'avez jamais fréquenté les
compagnies de discipline. Je vous avoue que
je crois maintenant que cet individu, qui
nâquit comme vous dans cette ville, fut un
de vos camarades d'enfance : le fils du per·
ruquier Perruchon, qui est au lieu et place
de son père, lequel est allé rejoindre les

sieus dans l'autre monde, m'a raconté des choses, mais des choses abominables de co Jérôme. Ils ont été élevés ensemble, m'a-t-il dit, et il se souvient des coups qu'il en a reçus. — C'était surtout quand ma pauvre mère l'avait corrigé, me dit-il, qu'il s'en vengeait sur moi. Il était très-fort, très-leste, et avait appris tout ce qu'il faut pour éreinter les autres. Il a ajouté : Le voisin Billon, qui est de mon âge, me parlait encore ce matin de Jérôme. « Tu n'en as plus entendu parler, me disait-il, c'est qu'il a mal fini ; ça devait être. » Voilà, capitaine, ce que j'ai appris, et si le temps ne m'eût pas manqué, j'en aurais appris bien d'autres. Ce Jérôme est un chenapan qui a eu soin de ne pas se laisser oublier.

Le capitaine l'avait écouté sans l'interrompre : l'obscurité ne permettait pas au sergent de s'apercevoir qu'il avait plusieurs fois rougi et pâli. Il prit enfin la parole et demanda au sergent ce qu'il pensait du perruquier Perruchon.

— Ma foi, capitaine, je crois que nous sommes de la même famille, c'est-à-dire que nous aurions été de la même famille, si vous n'y aviez mis bon ordre.

— Je ne te comprends point, sergent; n'es-tu pas Alsacien?

— Je m'en fais gloire et honneur, capitaine; mais cela n'empêche pas que si vous n'y aviez pas mis bon ordre, le Perrachon et moi serions de la même famille. Quand je vous aurai dit qu'il a le nez rouge et bourgeonné, vous me comprendrez.

— Ah! fit le capitaine en riant, tu crois le barbier un suppôt de Bacchus?

— Un suppôt de Bacchus, qu'est-ce que c'est que ça, capitaine?

— Te souviens-tu de ce que tu étais il y a deux ans, sergent?

— Un buveur d'absinthe, un imbécile, car sans ce défaut j'aurais aujourd'hui une

epaulette. C'est cela que vous nommez un...
par de Bacchus?

— Ainsi tu crois que le barbier s'adonne
à la boisson?

— Je ne le crois pas, j'en suis sûr et certain, mon capitaine, et la preuve c'est que
nous avons vidé une bouteille ensemble, et
sous le prétexte de me parler de son cousin Jérôme; il en demandait une seconde
quand sa femme est survenue : oh! c'est
une maîtresse femme, celle-là. Si vous l'a-
viez vue le rappeler à l'ordre, vous auriez
dit : Elle est le capitaine de la maison. —
Allons, lui a-t-elle dit, il y a pratique à la
boutique, un homme rangé ne reste pas au
cabaret quand les mentons à raser l'attendent, et quand il a femme et enfants!

— Elle avait raison, sergent; car la pas-
sion du vin est honteuse, dégradante pour
celui qui s'y livre; elle engendre la gêne,
quand elle ne conduit pas à la ruine. Je
connais un brave soldat qui serait aujour-

d'hui lieutenant ou sous-lieutenant au moins s'il n'avait pas trop caressé les petits verres d'absinthe.

— Et que vous avez bien fait de rappeler à l'ordre et à la raison, capitaine ; je m'en porte mieux et n'ai plus de ces lubies qui me rendaient quelquefois si malheureux...

— Prends garde, mon ami, tu sais que le proverbe dit : Qui a bu boira !

— C'est la vérité, mon capitaine, et j'ai souvent besoin de toute ma raison pour ne pas retomber dans mes anciennes habitudes, et puis, vous êtes là pour me défendre de moi-même.

— Ce barbier te parlait-il d'une manière affectueuse de son cousin, sergent ?

— Au contraire, il me parlait des volées de coups qu'il en avait reçus. Ce ne sont pas ces souvenirs qui engendrent l'affection.

— C'est vrai, fit le capitaine ; mais t'a-t-il paru dans une position aisée ?

— Couci-couci ; car sa femme lui a re- proché de dépenser au cabaret ce qui ferait marcher sa maison.

Le capitaine devint rêveur et se dit en lui-même : Le père m'a nourri quand j'étais orphelin : j'ai à payer une dette sacrée ; il faut que je voie les choses moi-même.

— Sergent, fais-nous monter à souper ; tu dois avoir faim...

— J'ai plus soif que faim, capitaine.

— Eh bien ! n'oublie pas de faire appor- ter une carafe d'eau... elle est excellente dans ce pays.

— Vous la trouvez bonne partout, capi- taine. Si celle de ce pays vaut mieux que l'autre, je crains bien de ne pas avaler un seul verre de vin pur, dit-il en sortant.

— J'ai aussi une dette sacrée à payer à ce brave sergent, et j'en ai déjà commencé le paiement, en le corrigeant un peu de son goût pour l'absinthe ; je vois qu'il faudra le surveiller pour qu'il ne prenne pas le vin pour de l'eau : il n'est pas cher dans ce pays, et les occasions de boire se trouvent à chaque instant.

Nous allons les laisser souper tranquillement et passer au troisième chapitre.

A.

D'assez grand matin, le sergent se présenta chez le barbier Perruchon.

— Ah! monsieur le soldat, lui dit sa femme, n'emmenez pas notre homme au cabaret, comme vous l'avez fait hier : il a été le reste de la journée tout maussade, et m'a vingt fois reproché de lui avoir fait honte devant un étranger.

Le sergent sourit et lui dit :

— Madame, il faudra pourtant que votre mari me suive, mon capitaine l'attend à déjeuner.

— Qu'est-ce donc que ce capitaine, demanda la dame Perruchon étonnée ? Il ne le connaît ni d'Eve ni d'Adam, que peut-il lui vouloir, et puis ce sera encore une journée perdue... Le petit ne peut pas toujours le remplacer à la boutique, on trouve qu'il ne rase pas aussi lestement que son père !

— Madame, reprit le sergent, mon capitaine veut lui parler de son cousin Jérôme qu'il a beaucoup connu à l'armée,

— Il a connu ce Jérôme, dont on dit tant de mal, fit la dame Perruchon, alors c'est pas grand'chose que votre capitaine !

— Détrompez-vous, madame, mon capitaine a conquis tous ses grades et la croix de la Légion d'Honneur par dessus le marché, en se montrant aussi brave que rangé dans sa conduite.

— Aime-t-il à boire, demanda-t-elle avec une certaine inquiétude? car c'est un défaut encore plus commun chez les soldats que chez les barbiers. Il y a dans notre ville cinq perruquiers très-sobres, et qui auraient coupé l'herbe sous le pied à mon homme, s'il n'avait pas la réputation d'être le meilleur perruquier de l'endroit.

— Mon capitaine ne boit, pour ainsi dire, que de l'eau...

— Ne boit que de l'eau, fit la dame Perruchon; mais d'où sort donc ce capitaine. Je parie qu'il ne se porte pas bien?

— Il se porte à merveille, madame, et si les blessures qu'il a reçues en Afrique ne l'avaient pas rendu impropre au service militaire, il serait allé loin, je vous assure.

Mais, dites-moi donc, Monsieur le sergent, car mon homme m'a rapporté que vous êtes

Le Retour d'Afrique.   3

sergent, dites-moi donc où il a connu ce fameux Jérôme; est-il mort, aurait-il laissé quelque chose?

— Je n'en sais rien, madame; ce n'est que depuis que nous sommes rentrés en France qu'il m'en a parlé. Je connais le capitaine depuis sept ans et je ne lui ai jamais vu ni ami, ni connaissance du nom de Perruchon!

— C'est tout de même drôle ce que vous me dites là, Monsieur le sergent. Mais voici Perruchon; je parie qu'en revenant de raser une pratique il a fait une station au cabaret!

La charitable dame se trompait heureusement. Maître Perruchon arriva tout joyeux: il avait trouvé deux nouveaux clients à raser à domicile et payant bien. Il salua le sergent, qui lui tendit la main et lui transmit l'invitation de son capitaine.

— Votre capitaine m'invite à déjeuner; ah! je parie qu'on lui aura dit que j'étais le

premier perruquier barbier de la ville !
Porte-t-il moustache ?

'— Il en a une superbe, répondit le sergent en retroussant la sienne.

— Tant pis, tant pis ! fit maître Perruchon, car c'eût été une pratique de plus.
Mais je devine pourquoi il m'invite, il veut
me faire causer du cousin Jérôme.

'— Perruchon, Perruchon, veille à ta langue ; ce capitaine a connu ton cousin, et ce
n'est pas à toi de salir les draps de ta famille.

Le sergent se mit à rire et lui dit !

'— Votre conseil vient trop tard, bonne
dame ; il m'en a assez dit hier, et j'ai tout
raconté à mon capitaine.

— Tu vois, malheureux, lui dit sa femme, quand on a bu on bavarde comme
une pie... Mais qu'a dit votre capitaine,
cela l'a fâché, n'est-il pas vrai ?

— Je ne le crois pas, puisqu'il invite ce matin votre mari à déjeuner. Je vais repasser dans une heure et prendre votre mari.

Il fit le salut militaire et sortit.

— Petit, cria la dame Perruchon, descends et rase ton père, il déjeune aujourd'hui avec un Monsieur capitaine, il faut qu'il soit convenable; je vais lui préparer ses habits du dimanche : fais vite et fais bien !

Perruchon rasé, lavé, arrive dans sa chambre où sa femme l'aide à s'habiller, en lui faisant force recommandations de veiller à sa langue et de se montrer poli.

— Il faut que tu lui donnes de toi une bonne opinion; surtout ne va pas t'aviser de boire du vin pur, de regarder trop souvent la bouteille. Ce Monsieur ne boit presque pas de vin, m'a dit le sergent; observe-toi, et qu'au moins un étranger ignore que tu aimes trop la bouteille. Mais ton diable de nez le lui dira. Ah! Célestin, si tu avais voulu te tenir comme un homme rangé, nos affaires seraient plus brillantes; mais on me l'avait bien dit, avant mon mariage, que tous les Perruchon, de père en fils, avaient été des ivrognes.

— Cela ne t'a pas empêchée de me prendre pour mari, dit Célestin, qui avait écouté patiemment ce déluge de paroles, et tu es bien heureuse d'avoir un mari que tu mènes par le nez.

— J'aimerais mieux te mener par la gorge, riposta sa femme, car je t'empêcherais de tout boire.

— Oui-da, fit Célestin qui s'émoustillait à l'idée d'un bon déjeuner, tu ne laisserais boire que de la piquette.

— Tais-toi, fit la femme en le tournant pour donner un coup de brosse à son habit. Je te recommande encore de suivre les conseils que je viens de te donner. Peut-être ce capitaine qui a connu ton cousin, a-t-il quelque chose à te donner de son héritage ; car enfin pourquoi a-t-il fait prendre tant de renseignements, pourquoi t'invite-t-il ?

Ces paroles firent réfléchir le barbier.

— Femme, dit-il, tu as peut-être raison. Mais bah ! ce Jérôme ne m'a jamais donné que des coups !

— S'il s'en est repenti en mourant, fit Mme Perruchon, à tout péché miséricorde.

— Lui, avoir eu du repentir... ah ! femme, si tu l'avais connu comme moi ! et puis, qui t'a dit que Jérôme soit mort ?

— Dame, Célestin, il se passe quelquefois de drôles de choses dans la vie. Tu ne me tireras pas de la tête qu'il y a quelque anguille sous roche.

— Père, cria le petit de la boutique, voilà Monsieur le sergent qui t'attend, descends donc.

Maîtresse Perruchon donna un dernier

coup de brosse à l'habit de son mari, qui époussetait son chapeau avec sa manche; elle dit :

— Va, et ne fais pas attendre, mais veille à ta langue, Célestin; veille à la boisson et sois poli. Je te le répète, donne une bonne opinion de ta moralité; pose-toi en présence de ce monsieur capitaine, comme doit se poser un digne chef de maison, un bon père de famille.

Le barbier descendit l'escalier, poursuivi par les conseils, les recommandations de sa chère moitié, et se trouva en face du sergent, qu'il salua en y mettant toute la grâce possible.

Les barbiers des petites villes, sans être des Figaro, contractent, par leur fréquentation avec leurs clients, une politesse assez rare chez les gens qui vivent du travail de leurs mains : cette politesse, souvent un peu obséquieuse, leur donne un air comme il faut. Sauf son nez rouge, maître Perruchon avait bon air; il marchait d'un pas alerte et dégagé, mais avec sa petite taille, il paraissait un nain à côté du sergent, grand Alsacien d'environ six pieds de haut.

La dame Perruchon s'était placée à la fenêtre pour voir son Célestin qu'elle croyait avoir habillé comme un marquis; elle fut frappée du contraste des tailles.

— Dieu! dit-elle, que Célestin est petit à côté de ce colosse de soldat; je ne m'en étais jamais doutée.

Célestin Perruchon marchait cependant sur la pointe du pied pour gagner un pouce de hauteur; il saluait les voisins qui avançaient la tête au dehors, étonnés de voir, un jour de travail, maître Perruchon dans ses plus beaux habits comme aux jours des grandes fêtes; et maître Perruchon grillait de l'envie de leur dire : Je vais déjeuner avec un capitaine décoré.

Le capitaine était appuyé à sa fenêtre, les yeux tournés vers la rue par où devait arri-

ver son cousin. En le voyant, il éprouva un
certain battement de cœur : tant de souvenirs s'éveillaient en lui.

Perruchon entra en s'inclinant comme
devant un grand seigneur, trouva des paroles pour remercier le capitaine de l'honneur
qu'il lui faisait. Il ne reconnut pas Jérôme.
Cela eût été difficile : une barbe entière lui
couvrait tout le bas du visage, une large
balafre allait d'un côté à l'autre du front, et
le soleil d'Afrique lui avait bistré la peau
du visage et du cou.

— Soyez le bienvenu, Monsieur Célestin
Perruchon, lui dit le capitaine.

— Tiens, se dit à part soi Perruchon, il
connaît mon nom de baptême ! mais qui
diable est-il ?

Le capitaine, à qui son étonnement n'é-
chappa point, lui dit :

— Que ce nom de Célestin ne vous sur-
prenne point dans ma bouche : il y a long-

3.

temps que je sais votre nom de baptême ; votre cousin Jérôme que je connais comme moi-même m'a souvent parlé de vous.

— Ah ! fit Célestin, oserai-je vous demander ce qu'il en disait, Monsieur le capitaine ?

— Il parlait de certaines volées de coups qu'il avait reçues chez votre père, et qu'il vous rendait avec les intérêts.

— Oh ! quant à cela, Monsieur le capitaine, il disait vrai ; et je n'ai guère eu de bon temps que depuis son départ ; mais j'ai tout oublié.

— Et lui, dit le capitaine, il en a du regret.

— Il n'est donc pas mort, demanda Perruchon ?

— Mais il se porte aussi bien que moi, fit le capitaine en souriant.

— Ah ! fit celui-ci, dont cette réponse faisait évaporer les espérances d'un héritage quelconque.

— En êtes-vous contrarié, Monsieur Perruchon, demanda froidement le capitaine ?

— Dieu m'en garde, Monsieur, s'il a changé de vie ; car enfin Jérôme est le fils de mon oncle.

— Maintenant déjeunons, Monsieur Perruchon, nous aurons le temps de causer, car je vous *accapare* pour la matinée.

— Tiens, se dit Célestin, il emploie ce mot comme les gens du pays, et pourtant M. Binette, le notaire, m'a dit une fois que ce n'était pas lui donner son vrai sens ; et, il y a plus, il a l'accent du pays, et le sergent ne l'a pas ; qui diable est-il !

Le déjeuner était abondant et délicat, le vin choisi. Célestin observait de l'œil le capitaine ; il se versait à boire quand il le voyait s'en verser, mettait dans son vin autant d'eau que s'en versait le capitaine ; il remarqua que le sergent se faisait bonne mesure de vin et petite d'eau, et il eût bien voulu en faire autant; mais il se rappela les recommandations de sa digne femme, et se contenta du désir, jusqu'à l'instant où le capitaine lui dit :

— Mais, mon cher Monsieur Perruchon, je ne vous ai pas invité à boire de l'eau ; prenez plus de vin, il est passable.

— Je parie, se dit *in petto* le barbier, que mon nez l'a averti que j'aime le vin !

— Monsieur le capitaine, dit-il, je ne puis suivre un meilleur exemple que le vôtre !

Le capitaine sourit et se dit : — Je t'en ai donné de bien mauvais, mon pauvre Célestin !

— Ne m'imitez pas, Monsieur Perruchon, j'ai été dans la dure nécessité de me mettre à ce régime : allons, j'y renonce pour cette fois.

Il remplit son verre de vin pur, puis l'approchant de celui du barbier, il lui dit :

— A votre santé, Perruchon, à celle de toute votre famille ; le sergent m'a dit que vous aviez une digne femme et plusieurs enfants.

Les verres se choquèrent et le barbier dégusta avec délice le bon vin que l'eau n'avait pas gâté cette fois. Le sergent remplit deux fois son verre et but le premier à la santé de M. Perruchon et le second à la santé de sa femme.

Les dents faisaient leur service naturel et broyaient activement les aliments : le sergent engloutissait les mets.

— Pardine, se dit Perruchon, je ne m'étonne plus qu'il soit si grand et si gros, il mange comme quatre.

Le vin faisait son effet, la langue du barbier se déliait, et les barbiers l'ont ordinairement assez bien pendue. Voyant que ses propos égayaient le capitaine, il raconta toutes les histoires du pays, et le fit d'autant plus librement qu'il se voyait écouté avec attention. Les plus huppés de la ville passèrent les premiers, et maître Perruchon dit malicieusement : A tout seigneur tout honneur. Quand il eut cessé de parler, le capitaine lui dit :

— Mais vous oubliez vos voisins le cordonnier et le serrurier; il me semble que vous pourriez avoir quelque récit réjouissant à nous faire sur leur compte ?

—Ce diable d'homme est sorcier, se dit Perruchon.

— Ce n'est rien aujourd'hui, Monsieur le capitaine, mais c'était bien autre chose du temps que Jérôme était chez nous. Oh ! les bonnes farces qu'il leur faisait; toute la ville en riait, et les deux pauvres voisins en séchaient debout; aussi quand ils le surent engagé, chantèrent-ils un magnique Alleluia !

Sont-ils morts, demanda le capitaine ?

— Non, mais ils sont vieux comme Hé-
rode et ne peuvent plus travailler.

— Leur position est-elle aisée, Monsieur
le barbier ?

— Ah ! les gens qui n'ont que leur travail pour vivre ne sont pas heureux quand
les bras leur font défaut : et dire qu'ils
attribuent, l'un ses rhumatismes, l'autre la
paralysie d'un bras à ce diable incarné de
Jérôme; c'est une honte pour notre famille,
puisque nous portons son nom !

La figure du capitaine s'attrista.

— Monsieur le barbier, dit-il, il me vient
une idée. Je veux, demain, déjeuner avec
votre famille et ceux de vos voisins qui
existent et à qui Jérôme a causé tant d'ennuis.

Vous devez avoir dans votre habitation,
si vous n'avez pas vendu la maison de votre

père, une vaste pièce qui peut recevoir bon nombre de convives ; vous y dresserez des tables et inviterez à déjeuner, de ma part, les personnes dont je viens de vous parler.

Perruchon ouvrit de grands yeux, et se dit :

— Mais où prendrai-je l'argent pour traiter tant de monde ; tous les vieux du quartier ont eu à se plaindre de ce vaurien de Jérôme.

Le capitaine le tira d'embarras, en ajoutant :

— Le sergent va se procurer les provisions et le vin, et les portera ce soir chez vous. Mais comme il y a toujours mille petites choses qu'un troupier ne croit pas nécessaires et qu'une femme sait se procurer, priez votre digne épouse, mon ami, de prendre les frais d'achat dans cette bourse ; je vous l'ai dit, c'est moi qui invite, et je n'entends pas le faire à vos dépens!

Il lui mit une bourse bien garnie dans la main.

Le barbier était ébahi, et il y avait bien de quoi : le capitaine avait parlé des deux vieux voisins, à qui Jérôme avait causé tant d'ennuis, puis il avait indiqué la vaste chambre, d'où, hélas ! les meubles avaient presque disparu ; puis, enfin, il agissait avec lui en grand seigneur habitué à être obéi. Le bon Perruchon ne savait pas que l'épaulette apprend à commander.

— Sergent, dit le capitaine, va demander une bouteille du meilleur bordeaux ; nous allons boire au plaisir que j'éprouve d'avoir fait la connaissance de l'aimable M. Perruchon ; ensuite nous prendrons le café et la liqueur, et j'irai terminer une lettre.

Le capitaine ne voulait certainement pas enivrer le barbier, mais seulement lui monter un peu la tête et exalter son imagination, afin que le récit qu'il ferait certainem·nt à sa femme fût empreint d'un peu d'exagération mystérieuse. En effet, Célestin rentra chez lui dans cette étrange situation d'esprit.

— Ah ! fit la femme, qui guettait par la fenêtre le retour de son mari, Célestin a été raisonnable, il marche sans chanceler ; mais quelle figure il a, ne dirait-on pas qu'il vient de conspirer.

Elle ne fit qu'un saut dans la boutique.

— Eh bien ! Célestin, comment tout cela s'est-il passé ? tu as le nez un peu rouge, pauvre Célestin, je parie que tu as oublié mes recommandations.

— Femme, répondit le barbier, laisse-moi un peu reprendre mes esprits !

— Qu'est-il donc arrivé, Célestin ?

— Il m'est arrivé des choses toutes simples et tout extraordinaires, répondit-il !

— Toutes simples et tout extraordinai-

res, Célestin, mais tu ne sais ce que tu dis ;
ce qui est extraordinaire n'est pas simple.
Voyons, regarde-moi, tu te seras oublié, Célestin !

— Laisse-moi donc classer mes idées,
Phrosine, je te raconterai ensuite tout. Mais
avant, il faut que tu saches que ce capitaine
viendra déjeuner demain chez nous, et qu'il
m'a commandé d'inviter tous nos vieux voisins.

— Il t'a commandé, il t'a commandé d'inviter tous les vieux du voisinage, mais il
perd la tête, ton capitaine ; c'est probablement un de ces fous qui échappent à leurs
familles et qui vont faire des leurs partout
où ils rencontrent de plus grands fous
qu'eux... et tu as consenti, Célestin, à cette
extravagante proposition? Mais où veux-tu
que je prenne de l'argent ; faudra-t-il arrêter
les riches et leur dire : la bourse ou la vie ?
Nous allons devenir la fable de toute la ville,
et tu perdras tes pratiques. Ah! Célestin, je
ne te croyais pas si sot !

— Phrosine, dit Célestin en lui présentant la bourse, soupèse cela, et regarde ce qu'il y a dedans.

— Des pièces d'or, s'écria Phrosine stupéfaite : six, huit, dix, douze..., mais il y a de quoi traiter tout le quartier; est-ce de bon or au moins?

Elle les fit sonner et parut convaincue; elle devint toute pensive....

— Mais, Célestin, si cet homme n'est pas un prince déguisé, c'est un voleur ou un faux monnayeur : on ne jette pas ainsi l'or à pleines mains aux gens qu'on rencontre pour la première fois.

— Si tu m'avais laissé enrégimenter mes idées, Phrosine, je t'aurais tout raconté de fil en aiguille; mais ta tête va comme un cheval échappé.

— Célestin, respectez la tête de votre femme, et regrettez cette insolente comparaison!

— Là, là, te voilà maintenant te rengor-
geant comme un paon ! Ecoute-moi plutôt
et serre cette bourse, il ne faut pas que
quelque pratique la voie.

Alors il raconta, sans rien omettre, ce
qui s'était fait et dit au déjeuner : il était
verbeux et aimait l'amplification. Phrosine
l'écouta en tombant de surprise. Tout à
coup, l'idée lui vint que ce capitaine pour-
rait bien être l'esprit de Jérôme que Dieu
envoyait sur la terre pour réparer tout le
mal qu'il y avait fait et pour le rendre té-
moin des mauvais souvenirs que laissent
après eux les vauriens.

— Célestin, dit-elle, quelle figure a ce
capitaine ?

— Il a la figure toute barbue, le teint
noir comme une taupe, les yeux enfoncés et
couverts de sourcils grisonnants, et une
affreuse balafre tout au travers du front : il
n'est pourtant pas repoussant.

— C'est cela, dit Phrosine ; ma grand'mère nous racontait l'histoire du fantôme d'Imogine ; c'était un être pareil.

— Un fantôme, dis-tu, Phrosine ? c'est à mon tour de te dire que tu perds la tête. Les fantômes ne mangent point, ne boivent point et ne donnent pas des pièces d'or.

— Qui sait d'où elles viennent ces pièces d'or, Célestin ? en même temps elle reprit la bourse et l'approcha de son nez. Je ne sens pas le souffre, dit-elle ; sens aussi, Célestin.

Le barbier fit là même épreuve que sa femme, et dit :

— C'est de bel et bon or, Phrosine ; où as-tu pêché cette idée de souffre ? Songeons à notre déjeuner.

— Mais, Célestin, je n'ai ni viande, ni pain, ni vin, ni tout ce qu'il faut

— Tu l'auras, Phrosine, tu l'auras ; ce

soir même le sergent te fera tout apporter ici et te donnera un bon coup de main pour dresser les tables. Pense aux invitations; mais n'invite que les vieux que Jérôme a tant tracassés;

— Comment m'y prendre, Célestin?

— Allons, je vois que le trouble de mon esprit est passé dans le tien; je vais aller faire moi-même les invitations; c'est mon droit en ma qualité de chef de maison.

Dès qu'il fut sorti, Phrosine reprit la bourse, l'ouvrit, compta et recompta les pièces. Son idée de fantôme la poursuivait toujours; la grande taille du sergent ne contribuait guère à la dissiper.

— Nous allons faire une épreuve décisive, se dit-elle.

Elle tira son chapelet de sa poche et l'étendit sur les pièces d'or; il n'y eut ni odeur, ni changement, ni mouvement. Cela fit disparaître toutes ses appréhensions, et elle serra soigneusement la bourse dans son armoire.

IV

Le lendemain, tous les vieux voisins du barbier Perruchon se mirent à leur toilette après avoir été rasés par le fils du barbier, car le père était trop occupé des préparatifs du déjeuner, qui devait avoir lieu à dix heures, heure militaire, comme l'avait annoncé le sergent. Phrosine était debout longtemps avant le chant du coq; il fallait veiller à tout et se réserver une heure pour faire sa toilette.

À six heures, deux domestiques arrivèrent chargés de paniers pleins de bouteilles. Dès la veille, le sergent avait fait transporter tout ce qui constitue le solide d'un excellent déjeuner : ainsi la dame Phrosine put dormir tranquille à ce sujet; c'est malheureusement ce qu'elle ne fit pas, et le lendemain elle dut reconnaître qu'une nuit d'insomnie est loin d'être favorable à la santé. Ses préoccupations ne lui permirent pas de faire attention à l'animation qui régnait dans son voisinage. Les invitations de Célestin avaient tout mis en émoi, et les fenêtres se trouvaient plus garnies que de coutume.

—Père Billan, demanda une voisine au cordonnier, dites-nous donc, je vous prie, quel est ce général qui régale aujourd'hui tous les vieux de notre quartier; car vous êtes bien sûr invité, puisque vous avez endossé votre grand habit de cérémonie?

— Voisine Pélagie, répondit-il en redres-
sant sa taille et en enfonçant son menton
frais rasé dans une cravate blanche que dé-
passait de plusieurs pouces un col de che-
mise solidement empesé, voisine Pélagie,
j'ai l'honneur d'être un des invités; mais
je ne sais rien de rien de l'honorable personne qui m'a fait inviter par le voisin
Perruchon : lui-même n'en sait pas plus que
moi; seulement il m'a dit que ce riche
officier avait beaucoup connu un méchant
drôle qui m'a occasionné mes rhumatismes.

Et les propos couraient, les suppositions,
à cheval sur les propos, galoppaient de maison en maison, et les enfants, au lieu de
se rendre à l'école, stationnaient dans la
rue.

= Les voyez-vous venir, arrivent-ils,
criaient les voisins d'une fenêtre à l'autre ?

= Non, répondait-on, c'est le vieux Gau-
lard; jamais je ne l'ai vu plus magnifique;
il est désolé de traîner la jambe gauche.

— Ah! tenez, voyez donc, on porte ce pauvre vieux Galinet; mais ce sera donc un hôpital que la maison de Perruchon?

Tels étaient les propos de ceux qui regrettaient de ne pas avoir été invités.

Enfin, du haut du clocher retentissent les sons mesurés de dix heures, et au même instant, un capitaine de zouaves, en grand uniforme, la poitrine ornée de deux décorations, paraît au bout de la rue. Un sergent, aussi en grand uniforme et aussi décoré, marche un peu en arrière du capitaine. Tous les regards sont fixés sur eux et le silence devient complet. Le capitaine portait les yeux de tous côtés, comme s'il cherchait à voir si le présent ressemblait au passé. Dès qu'ils arrivèrent à la boutique du barbier, le capitaine s'arrêta un instant pour la regarder du haut en bas. Maître Célestin, en grande toilette, vint le recevoir à la porte, le chapeau à la main; après les saluts que les barbiers seuls savent faire,

Il se mit de côté, les deux militaires entrè-
rent et la porte se referma.

Laissons les curieux bavarder, et suivons-
les dans la salle du festin, car on peut
donner ce nom au déjeuner. Tout le monde,
sauf le paralytique, se leva, et dame Perruchon s'avança pour adresser un compli-
ment qu'elle avait cru devoir faire pour
montrer son savoir-vivre; mais dame Phrosine ne trouva pas un mot à dire, ce qui
étonna fort Célestin : elle ne fit qu'une magnifique révérence. La cause de son mutisme
venait de ce que le capitaine l'avait regardée
d'un air si étrange, qu'elle en eut la chair
de poule; et ses idées superstitieuses lui
revinrent.

Le capitaine remarqua son émotion, et
lui dit avec politesse:

— Pardonnez-moi, madame, l'attention
que j'ai mise à vous regarder : au premier
coup d'œil j'ai jugé que vous êtes la fille

d'un brave tailleur, qui portait le nom de Bellevue ?

— C'est effectivement sa fille, dit Célestin en s'inclinant.

— Je ne le vois point ici, fit le capitaine qui avait adressé un salut à chacun des convives ; serait-il mort ?

— Malheureusement, répondit Célestin ; car Phrosine avait perdu toute contenance.

— C'est pour sûr un sorcier, se disait-elle en elle-même, autrement aurait-il dit ce qu'il vient de dire !

La place d'honneur fut occupée par le capitaine, Célestin l'y avait conduit ; la chaise de sa droite restait inoccupée, elle était destinée à la dame Phrosine, mais elle avait disparu : dame Phrosine avait oublié son chapelet en changeant de vêtements ; elle venait de courir chercher ce préservatif pour lui donner confiance. Ce petit incident jeta une espèce d'étonnement dans l'assem-

blée, le retour de dame Phrosine le fit cesser;
les mets circulèrent, et l'appétit ne fit point
défaut.

Dame Phrosine est rassurée, les paroles
que lui adresse le capitaine sont si bienveil-
lantes, qu'elle met toutes ses grâces en jeu
pour y répondre. Tout à coup le capitaine
dit:

— Madame Perruchon, il y avait dans
cette chambre un tableau représentant le
retour de l'enfant prodigue, l'avez-vous conservé?

Célestin qui vit de nouveau le trouble de
sa femme, répondit pour elle :

— Non, Monsieur le capitaine; Phrosine
en a fait don à notre église.

— Je m'en réjouis, fit le capitaine; j'avais
entendu dire que ce tableau était d'un grand
maître. Sa place est plutôt dans la maison
de Dieu que dans la chambre d'un parti-
culier.

Ces paroles rassurèrent complètement Phrosine.

— Il parle bien de l'église, se dit-elle, il n'est pas sorcier ni mauvais esprit ; mais comment a-t-il pu savoir qu'il y avait là un tableau ; le Jérôme qui ne croyait à rien n'a pas pu lui en parler ?

Enfin la conversation s'engagea : le capitaine la fit tomber sur le compte du fameux Jérôme, et les convives non prévenus et un peu trop animés par la bonne chère et le bon vin, défilèrent à qui mieux mieux le chapelet des méfaits de ce mauvais sujet,

— Il ne se passait pas de jour, dit le tailleur, qu'il ne me jouât quelque méchant tour. Une fois, et je ne pus m'expliquer comment il le fit, il sema entre les draps de mon lit, du crin haché menu et vint me demander le matin, d'un air narquois, si j'avais bien dormi ? Je n'avais presque pas fermé l'œil et ne pouvais, tant j'étais accablé de sommeil, enfiler une aiguille.

Je ne parle pas des fruits de nos jardins; ils devenaient sa propriété, et c'est à notre barbe, à notre nez qu'il venait les croquer. Si nous le faisions étriller par son oncle, c'était le lendemain sa revanche; le diable seul sait ce qu'il pouvait inventer. Un soir, je voulus surveiller mon maraudeur qui était venu me demander si mes abricots étaient mûrs. Armé d'un fouet, je l'attendais; tout à coup je m'entends appeler : le feu est dans votre cheminée, voisin, me criait-on; je rentre en hâte, et ne voyant pas une étincelle, je retourne au jardin : le chenapan avait dévalisé mon arbre, et je l'entendais rire derrière le mur.

— Il m'a raconté ce méfait, dit le capitaine; et il ajoutait que vos abricots étaient délicieux et qu'il avait plaisir à vous lancer les noyaux par-dessus le mur, en vous criant d'en conserver l'espèce.

— Tiens, dit le tailleur, il s'est rappelé

les plus petites circonstances; voyez donc la
perversité!

— Ne vous étonnez pas de cela, fit le
capitaine, il m'a raconté sa vie comme s'il
l'avait écrite jour par jour; sa mémoire
était excellente. Tenez, Monsieur le cordonnier, une nuit ne lâcha-t-il pas un chat dans
votre maison, et ce chat, qui avait un col-
lier de grelots, ne fit-il pas un tel vacarme
en courant dans les escaliers, que vous ne
pûtes dormir, et le lendemain le bruit ne se
répandit-il pas que votre maison était hantée
par les revenants?

— Et c'était bien le démon en chair et
en os qui menait cette affaire, répondit le
cordonnier; tenez, ma pauvre défunte s'évanouit de frayeur, et il fallut lui frotter les
tempes avec plus d'un verre de vinaigre
pour la rappeler à la vie. Ah! Monsieur le
capitaine, comment avez-vous pu vivre avec
un pareil monstre!

— Je l'ai pu, Monsieur, répondit le capitaine, et c'était un autre moi-même !

Les convives se regardèrent avec étonnement.

— Je vais vous prouver qu'il ne m'a rien caché de ses méfaits ; n'est-ce pas à vous, Monsieur le serrurier, qu'il joua l'abominable tour suivant : Vous étiez tout fier d'une magnifique pipe culottée ; il la fit voler en éclats à l'instant où vous l'allumiez ; il avait mêlé à votre tabac une pincée de poudre !

Le pauvre vieux se leva tout furieux.

— Oui, s'écria-t-il, il me joua cet abominable tour ; et si ma main n'eût pas été entre la pipe et mon visage, peut-être serais-je aveugle aujourd'hui ; je parie qu'il vous a raconté cela en riant ?

— Non, je vous assure, répondit le capitaine ; quand il se rappelait les désordres de sa jeunesse, il en témoignait le plus vif re-

pentir. Bien souvent je l'ai entendu dire :
J'avais de mauvais instincts, mais ce n'était
pas à coups de pied et de manche à balai
qu'il fallait les réprimer : cependant je n'en
veux ni à mon oncle ni à ma tante ; ils
m'ont corrigé comme ils croyaient devoir
le faire. Aujourd'hui je sens combien je leur
dois de reconnaissance ; j'étais orphelin
quand ils m'accueillirent dans leur famille :
si jamais j'ai le bonheur de les revoir, je
tâcherai de leur faire oublier le passé, surtout à mon cousin Célestin qui en a plus
souffert que tout autre.

— Il paraît qu'il n'avait pas le cœur tout
à fait gâté, fit observer la dame Phrosine.

— Non, Madame, je vous assure. La bienveillance d'un chef le toucha, le mit sur la
bonne voie, et aujourd'hui vous n'auriez
point à rougir de lui.

— Ma foi, dit le rancunier serrurier qui
songeait toujours à l'explosion de sa belle
pipe culottée, j'avais cru jusqu'aujourd'hui

qu'on l'avait fusillé ou qu'il était au bagne.
On n'en avait plus entendu parler!

— Après le déjeuner je vous raconterai
son histoire, mes amis, et vous saurez ce
qu'est devenu le mauvais sujet.

V

La table est desservie, et les convives attendent avec curiosité l'histoire de Jérôme. Le capitaine la commence ainsi :

— Je ne vous parlerai point des premiers mois qui suivirent l'engagement de Jérôme Perruchon, ils ressemblent trop à ceux qui les avaient précédés. Je le prends à Alger, dans le 1er régiment de zouaves. Il devait ce changement de corps à un colonel intelli-

gent qui avait compris que sous la peau de
ce méchant garnement, battait un brave
cœur que la plus légère injustice révoltait.
Résolu à devenir sage et à faire son chemin
dans l'armée, il voulut changer de nom
et en prit un que le colonel approuva
Ce fut sous ce nom, que je vous dirai plus
tard, qu'il entra dans le corps des zouaves.

Le zouave ne ressemble point aux autres
troupiers : plus alerte, plus gai, plus libre,
il se livre en dehors du service à des extra-
vagances folles, mais toutes portant le ca-
chet de la gaieté française. Jérôme se trouvait là comme un poisson dans l'eau ; mais
il avait la volonté bien arrêtée de devenir
honnête, et il comprenait que, pour cela,
il fallait rompre avec le passé. Il eut bien
quelques déboires à essuyer avec ses camarades ; mais il était fort habile à tous les
exercices du corps, et il sut se faire res-
pecter.

Dans une rencontre avec les Arabes, il

se signala tant et si bien qu'il fut mis à
l'ordre du jour.

— Voilà un point gagné, se dit-il; les
galons de caporal feraient bon effet sur ma
manche.

Il ne les attendit pas longtemps, car peu
après, à la suite d'une vraie bataille avec
les réguliers de l'émir, il fut nommé sergent, puis sergent-major... Sa conduite lui
mérita cet avancement, qu'il n'eût cependant pas obtenu aussi vite sans la protection
de son ancien colonel.

Il fut un jour mandé par un officier su-
périeur qui lui donne lecture du passage
d'une lettre adressée par son premier colonel. Voici ce passage :

« Dites à mon protégé de continuer à jus-
tifier son nom, et offrez-lui les occasions de
se signaler : il avancera ou il sera tué comme
un brave. »

Je vous laisse à penser l'effet que cela produisit sur Jérôme, chez qui le désir de parvenir légitimement avait été la suite de son changement de vie.

— Veuillez être assez bon, mon officier, pour répondre à mon protecteur que je ferai de mon mieux. N'oubliez pas l'article de la reconnaissance.

Ce fut quelques jours après que le bruit se répandit que des spahis, séparés de leur corps, se trouvaient entourés d'une nuée d'Arabes. Il fallut envoyer une reconnaissance en avant de la compagnie; Jérôme fut désigné pour la diriger. Le pays était montueux et presque nu, la chaleur accablante; ils marchèrent plus de six heures sans découvrir aucun ennemi.

La petite troupe se reposa dans un ravin où croissaient des cactus en quantité; elle se disposait à prendre son repas, lorsque l'on entendit le galop de plusieurs chevaux : replier bagage, boire un coup à la gourde fut l'affaire d'un instant. Un spahis arrivait de toute la vitesse de son cheval, poursuivi par une vingtaine d'Arabes. Les zouaves, au nombre de six, étaient d'habiles tireurs.

— A nous les plus près, cria Jérôme; que chaque coup se suive!

Cinq cavaliers arabes tombèrent, les autres firent halte, craignant une embuscade; mais de l'éminence qu'ils occupaient, ils virent leur petit nombre; ils poussèrent des cris sauvages et lancèrent leurs chevaux en avant. Les zouaves avaient rechargé leurs fusils, et leurs balles, comme les premières, frappèrent encore cinq Arabes...

— Dix contre six Français ce n'est pas trop, dit gaiement Jérôme. Chargeons et attendons-les

Les burnous blancs, flottant derrière les cavaliers arabes, arrivèrent à dix pas et firent une décharge : trois Français furent

blessés et le cheval d'un spahis tué. Les
zouaves ripostèrent, leurs coups, plus sûrs
que ceux des cavaliers arabes, en firent
tomber encore trois ou quatre.

Les Arabes sont courageux et ardents;
jetant leurs longs fusils en arrière, ils tombèrent sur les zouaves, le yatagan à la
main. Alors eut lieu une ardente mêlée, la
baïonnette des zouaves perçait la poitrine
des chevaux qui se cabraient, et les coups
de yatagan, grâce à la prestesse des zouaves,
tombaient dans le vide. Ce fut alors que
Jérôme, déjà légèrement blessé au bras gauche, saisissant un cavalier arabe, le ren-
versa, et d'un coup de crosse lui brisa le
crâne, puis se tournant vivement, il dé-
monta deux autres cavaliers. Ses camarades,
qui avaient aussi énergiquement combattu,
ne trouvèrent plus d'ennemis devant eux;
les Arabes avaient disparu. On dépouilla les
morts et les blessés, et comme les Arabes
riches portent sur eux une partie de leur

argent et de leurs bijoux, l'aubaine fut bonne. Jérôme dit :

— Hâtons-nous de gagner le campement voisin, il y a, à quelques lieues d'ici, une troupe nombreuse de réguliers et d'irréguliers ; ils seront bientôt à nos trousses.

On put attraper deux chevaux sans maîtres, ils étaient tellement empêtrés dans les cactus qu'il fallut jouer du sabre pour les en sortir ; les trois blessés furent mis dessus. Le spahis avise un autre cheval, il saute dessus, en leur criant :

— Lettre pour le commandant du campement.

Ce départ fut leur salut, car leur marche était lente avec trois blessés dont on conduisait les montures par la bride pour qu'elles ne s'éloignassent pas ; d'un autre côté, ils étaient dévorés par la soif et la faim, et succombaient de fatigue : après une

6.

lutte énergique, les nerfs se détendent et
l'accablement survient.

Ils avaient à peine marché durant deux
heures, qu'on vit réellement une nuée d'A-
rabes s'avançant comme un tourbillon sur
la pente d'une éminence; presqu'au même
instant le vent apporta les sons du clairon.

— On vient à nous, cria Jérôme; hâtons-
nous de marcher.

Deux compagnies de zouaves et de spahis
apparurent sur une éminence opposée; les
arabes s'arrêtèrent.

Ce secours si opportun n'était pas pour
eux seuls, il allait aussi dégager les troupes
françaises qui étaient dans un mauvais pas.
Le spahis était porteur d'un avis d'après
lequel la troupe cernée dans une position
inattaquable, serait forcée de mettre bas les
armes faute de cartouches, si elle n'était
secourue en peu de temps. C'était donc

pour la dégager que ces forces, suivies de trois autres compagnies, étaient envoyées.

Sans inquiétude du côté des ennemis, les éclaireurs rentrèrent au campement, où leurs blessés reçurent les soins exigés. Jérôme avait le gras du bras traversé par une balle. À la suite de cette affaire il fut nommé sous-lieutenant.

À peine guéri, il prit part à plusieurs autres affaires où il put se signaler : je ne veux vous en citer qu'ne seule. Dans une mêlée terrible avec les réguliers de l'émir, il reçut un coup de yatagan qui lui eût fendu le crâne, si un brave caporal n'eût amorti la force du coup : il resta comme mort sur le champ de bataille que les Arabes disputaient avec acharnement aux Français. Le même caporal qui l'avait préservé. parvint à l'enlever et à le soustraire une seconde fois à une mort certaine, car les Arabes font rarement des prisonniers quand ils sont serrés de près ; le même caporal l'emporta sur ses épaules, tout chargé qu'il était, il abattit un Arabe, et finit par rejoindre les rangs français avec son précieux fardeau.

Cette fois, la conduite de Jérôme lui valut la décoration de la Légion d'Honneur et le grade de lieutenant. Un an après, il recevait une nouvelle décoration et passait Officier de la Légion-d'Honneur en même temps qu'il recevait le grade de capitaine.

Il n'oublia pas le brave caporal à qui il devait deux fois la vie; sur son rapport il fut nommé chevalier de la Légion-d'Honneur et entra dans la compagnie du capitaine Jérôme avec le titre de sergent. Depuis ce temps ils ne se sont point quittés, il n'y eut plus entre eux de distinction de grade, ils furent amis.

Un jour, sur le littoral, dans un espace qui était au pouvoir des Arabes, un navire espagnol fit côte, et l'équipage eût probablement été massacré si le capitaine Jérôme ne se fût porté à son secours et ne l'eût même préservé du pillage. Un grand d'Espagne se

trouvait à bord : le chargement du navire
était riche. Dans sa reconnaissance, ce grand
d'Espagne envoya un magnifique cadeau au
capitaine Jérôme, et, quelques mois après, il
recevait, avec l'autorisation du gouvernement français, une décoration espagnole.

Enfin, car le bonheur semblait fondre sur
lui, dans une vieille fortification qu'il avait
à défendre, son sergent découvrit une ca-
chette où se trouvait entassée une quantité
considérable de monnaie en or de toutes
les nations. Ce trésor avait probablement
été enfoui lors de la première occupation
française, par un des pirates d'Alger. Ce
trésor lui appartenait incontestablement, et
il s'en empara, et voulut que son sergent en
prît la moitié.

Deux autres blessures reçues par le capitaine Jérôme, le rendirent incapable de tout
service militaire, et il fut mis à la retraite il
y a de cela trois mois. Il est revenu dans sa
ville natale, avec l'intention de faire oublier

les méfaits de sa jeunesse, et de dire à sa
famille :

« Si, étant jeune, et par suite de ma conduite irréligieuse, immorale et vicieuse do
tout point, j'ai eu le malheur de vous faire
rougir, homme, je veux revenir à de meil-
leurs sentiments sous tous les rapports ; je
veux ainsi honorer et j'honore le nom que
je porte qui est le vôtre. Regardez-moi bien,
vous que j'ai si souvent scandalisés, et rap-
pelez vos souvenirs ; je suis ce Jérôme le
mauvais sujet, dont vous avez raconté les
exploits ; je porte le nom de capitaine l'Espérance, et voilà mon sauveur, dit-il en
tendant la main au sergent : je vous le pré-
sente comme l'ami le plus dévoué et le plus
fidèle que j'aie rencontré dans le cours de
ma vie.

Cette déclaration tomba comme une
bombe au milieu des convives qui venaient
de chanter si étrangement les louanges de
Jérôme Perruchon. Ils restèrent interdits.

— Jérôme, Jérôme, dit Célestin en se levant et courant à lui les bras ouverts; quelque chose me disait que tu ne m'étais pas étranger. Mais Phrosine, embrasse donc ton cousin !

Le capitaine reçut toutes ces marques subites d'affection avec une bienveillance qui enhardit les autres convives; le tailleur, le cordonnier et le serrurier eurent la force de se lever et de lui serrer la main, tout en se mordant les lèvres d'avoir été si véridiques sur son passé.

Ce serait rapporter des paroles ridicules que de dire toutes celles qui furent débitées. Ces pauvres vieux s'étaient plaints avec raison, mais l'homme, objet de toutes ces plaintes, se trouvait maintenant dans une sphère au-dessus de la leur, et ils regrettaient la liberté de leurs paroles : c'est un coin du tableau de la vie humaine.

— Mes amis, leur dit le capitaine qui

comprenait leur embarras, tout ce que vous
avez raconté n'est pas la moitié des tracas-
series que je vous ai faites : je méritais vos
récriminations, désormais je veux mériter
votre affection et votre estime.

— Vous l'avez déjà, capitaine, crièrent-
ils tous.

— Ne vous pressez pas tant de l'affirmer,
mes amis, attendez les faits ; à l'œuvre vous
avez connu l'ancien vaurien, c'est à l'œuvre
que vous devez le juger à présent. Mais
qu'avez-vous donc, ma cousine Euphrosine,
vous ne m'adressez point la parole, à peine
osez-vous me regarder? je comprends qu'a-
vec un visage bronzé par le soleil d'Afrique,
la virgule que le yatagan arabe à tracée sur
mon front et ma barbe de marabout, il
n'y a rien d'attrayant dans ma personne;
mais si je reviens avec une mine formidable,
je reviens, en revanche, avec une meilleure
conscience, et surtout avec une meilleure
réputation que celle que je laissai en quit-
tant ma famille.

— Allons, Phrosine, dit Célestin, montre-
toi donc polie; quand tu le veux, tu l'es
tant..

Mais nous n'avons pas à brûle pourpoint,
bronzé, attestaient les interdite; c'est que
le soleil brûlant d'avoir vu dans son cousin un mauvais esprit, ou un sorcier pour
ma Phrosine, qui semblait que le capitaine
avait lu dans sa pensée, et cette idée ne la
rassurait guère.

Laissons-la se calmer, ou plutôt étouffer
ses remords de conscience, et écoutons les
convives.

— Foi de Guillaume, car c'est mon nom
de baptême, disait le serrurier à son voisin
de table le sergent, je me rappelle maintenant tous les traits de Jérôme Perruchon.
Ah! le pauvre garçon, je lui pardonne de
tout cœur les farces qu'il m'a jouées; il va
devenir l'honneur de notre ville.

— Dites-moi donc, Monsieur le sergent,

quelle est cette décoration qu'il porte à côté de celle de la Légion-d'Honneur ?

— Mais il vous a dit, dans le récit qu'il vient de vous faire, que c'était une décoration espagnole !

— Ah ! bien, je me le remémore maintenant ; l'âge, l'âge, Monsieur le sergent, diminue la mémoire comme il diminue nos sens ; croyez-vous que je ne puis plus enfiler mon aiguille ?

— Vous pourrez bien, j'aime à le croire, vider un verre de champagne à la santé de mon capitaine.

Tout en parlant, il faisait sauter le bouchon et versait dans les verres la liqueur frémissante et mousseuse.

— A vous, Monsieur Célestin, dit-il, débouchez votre bouteille et versez vite.

Phrosine n'avait jamais bu de champagne, il lui remonta les esprits et elle commença à causer, causer, ce que Célestin appelait être aimable. Toutes les têtes, sauf celles du capitaine et du sergent étaient en ébullition.

— Mais nous n'avons pas trinqué au bon retour de mon cher cousin, dit Célestin.

Et deux autres bouteilles pétillèrent aussitôt et les toasts devinrent aussi enthousiastes que les récriminations avaient été amères au début du déjeuner.

— A la santé du brave des braves, dit Célestin en élevant son verre.

La mousse y débordait, elle se répandit dans sa manche; personne n'y fit attention excepté Phrosine, qui avait trouvé le vin trop bon pour le laisser couler ailleurs que dans le gosier.

— Célestin, que fais-tu; ce n'est pas la coutume de faire perdre le vin !

Le toast général fut porté, chacun voulut

accompagner le sien de quelques louanges.
La ville allait étendre au loin sa réputation,
disait l'un; on n'en parlera qu'avec admiration, disait l'autre. Le toast de Phrosine
fut marqué au bon coin. Le voici :

— Je bois à mon bon cousin, car je le
crois revenu à des sentiments plus chrétiens
que ceux qu'il avait en partant de cette
maison !

Le capitaine lui répondit :

— Ma chère cousine, votre toast est vrai;
mais ce que vous ne savez pas, c'est que ce
changement s'est opéré dans un hôpital, et
que c'est à une bonne sœur hospitalière que
je le dois. L'histoire est courte, écoutez-la :
Transporté presque mourant à l'hôpital en-
combré de blessés après une sanglante rencontre avec Abdel-Kader, je fus en proie à
une fièvre violente, et condamné par les
gens de l'art. Mon ami, blessé aussi, ne
pouvait me donner des soins. Une bonne
sœur vint à mon lit, m'examina et ne dé-

sespéra pas de me sauver : trois jours après,
elle pouvait causer avec moi. Elle gagna si
bien ma confiance que je lui racontai toute
ma vie. Elle me fit sentir que, malgré les
égarements de ma jeunesse, Dieu ne m'avait
point abandonné. Bref, d'insouciant que
j'étais, elle fit de moi un croyant sincère, et
je remercie tous les jours la Providence
d'avoir envoyé auprès de mon lit de souf-
france, cette sainte femme pour sauver mon
corps et mon âme.

Ce petit récit impressionna le tailleur,
fort incrédule, disait-on ; quelques jours
après, il se montra à l'église et devint un
fervent catholique.

La joie de Phrosine fut si grande que, si
un reste de crainte respectueuse ne l'eût
retenue, elle se fût jetée au cou de son
cousin ; elle pleura de bonheur.

— Maintenant, pour compléter la journée, dit Célestin, vous seriez bien aimable,
mon cousin, si vous vouliez nous parler de

la ville d'Alger et des mœurs des Arabes qui l'habitent.

'— Avec plaisir, dit Jérôme; j'ai assez longtemps habité cette ville pour la connaître à fond. Elle est bâtie en amphithéâtre sur la côte septentrionale de l'Afrique et sur le versant d'un contre-fort de 150 mètres d'élévation qui la domine. Elle a la forme d'un triangle dont le plus grand côté lui sert de base, en s'appuyant à la mer, et se termine dans sa partie la plus élévée par la *Casbah*, la fameuse citadelle qui sert aujourd'hui de caserne. Ses maisons blanches, avec leurs toits en terrasse, lui donnent une physionomie éminemment orientale, mais le touriste qui, pour la première fois, fait son entrée à Alger par la porte de la *Marine* ou par la *Pêcherie*, peut se croire en France, à l'aspect de la double rangée de belles maisons à cinq étages entre lesquelles il s'avance, surtout s'il ne tient compte des groupes de passants indigènes dont le costume pittoresque tranche singulièrement

avec notre architecture européenne; car
Bab-Azoum et *Bab-cloued* sont deux voies
maquifiques qui, sous la domination française, ont surgi des débris de la ville des
deys, et dont les maisons à arcades sont
pour le Parisien une véritable réminiscence
de la rue de Rivoli. Mais aussi, s'il se dé-
termine à gravir les hauteurs de la ville,
quel contraste saisissant? Là les rues som-
bres, tortueuses et bâties en escalier sont
rudes à monter et périlleuses à descendre;
toutes les maisons, la plupart étagées entre
elles, sont basses, leur muraille extérieure
percée d'une ou deux meurtrières grillées,
et leurs parties supérieures, faisant saillies,
au moyen d'arcs-boutants, se rejoignent
presque des deux côtés de la rue; aussi la
répugnance qu'éprouve la population européenne à s'y fixer l'a-t-elle fait deborder aux
endroits où les terrains sont unis et acces-
sibles; mais c'est surtout vers le faubourg
Bab-Azoum que le mouvement a été le plus
remarquable. Depuis quelques années l'on a
ouvert, parallèlement à l'artère principale,

une voie nouvelle qui s'est promptement couverte de maisons agréables et commodes, c'est la rue de *Chartres*, qui, vers la moitié de son parcours, s'élargit en une fort jolie place au milieu de laquelle est une fontaine entourée d'orangers; aussi les petits boutiquiers indigènes, chassés des maisons à arcades par la cherté croissante des loyers, s'y sont réfugiés, et c'est principalement là que sont établis les cafés.

Ces établissements sont généralement tenus par les Maures, lesquels, avec les Arabes et les Kabyles, constituent trois races bien distinctes qui, en Algérie, se touchent sans se confondre, et sont encore aujourd'hui ce qu'elles étaient anciennement. D'abord les Kabyles (Numides), qui peuvent être considérés comme les habitants primitifs du pays : ils sont remarquables par leurs habitudes sédentaires, leurs occupations qui les portent vers l'industrie et l'agriculture, et qui, par ce moyen, offrent plus de moyens d'action à la civilisation;

Les Arabes ou Bédouins qui, venus d'Asie, ont conservé leur physionomie mâle, leurs yeux vifs, leur teint presque olivâtre, et vivent retirés dans les montagnes divisés en tribus, couchant sous la tente, ou errant avec leurs troupeaux; incapables de se livrer à aucun travail régulier, ils passent leur vie à fumer et à jouir des extases de la contemplation, sont d'une extrême sobriété, et les traits auxquels on peut avant tout les reconnaître sont un impérieux besoin d'indépendance et une hospitalité qui ne se dément jamais.

Puis les Maures que l'on divise en deux classes, ceux des campagnes et ceux des villes, les Maures des campagnes sont des familles errantes fort pauvres, ne possédant aucun bien, ne se distinguant entre elles que par le nom du *douar* ou village ambulant qu'elles occupent; ceux des villes, au contraire, se livrent au commerce, exercent des métiers, sont propriétaires de maisons et de biens, et composent, à eux seuls, la moitié de la population indigène de l'Algérie ; ils ont la peau presque blanche, le visage plus plein, le nez moins saillant, et tous les traits plus adoucis que ceux des Arabes.

L'Arabe indolent passe une grande partie de son existence à fumer, boire du café et psalmodier, accroupi sur une natte de paille. Tous les jeux, excepté celui d'échecs, lui sont défendus par sa religion, encore n'y peut-il jouer de l'argent. Sa musique ne consiste, pour ainsi dire, qu'en un seul air, et ses instruments sont d'une simplicité dont rien n'approche : une vessie, sur laquelle est tendue une corde qu'il racle ; une espèce de chalumeau, et le *tympanus* des anciens.

La musique des Maures est moins barbare ; leurs airs sont vifs, rhythmés et agréables, leurs instruments plus perfectionnés. Outre la flûte et le hautbois, ils ont le *rebebb*, sorte de violon à deux cordes et plusieurs petites guitares de différentes grandeurs. Il règne de l'ensemble dans leurs compositions, tous leurs morceaux s'exécutent de mémoire, et, cependant, ils pourraient faire de la musique une nuit entière en changeant continuellement de motifs sans jamais se tromper. . . . .

. . . .

Le bruit de ce qui venait de se passer se répandit dans le quartier, et bientôt partout Jérôme Perruchon, naguère encore cité comme ayant été le plus mauvais garnement de la ville, fut acclamé un héros, l'honneur du pays. En effet, la ville n'avait qu'un seul homme décoré et Jérôme avait deux décorations; quel honneur pour sa famille!

Mais ce fut bien un autre sujet d'admiration quand le lendemain, qui était un dimanche, on vit arriver à l'église le capitaine et le sergent, tous deux en grande tenue. Ils allèrent se placer auprès de Célestin et de sa femme, et entendirent les offices avec un recueillement qui fit l'admiration de tout le monde.

— Celui-là, dit-on en sortant, s'est élevé plus haut que sa famille et il ne la dédaigne point : il a reconduit la femme du barbier à sa maison, où il est resté à dîner. Il paraît cependant qu'il est très-riche!

CONCLUSION.

Quelque temps après la journée mémorable du déjeuner, dont le dessert causa une si grande surprise aux convives, on put remarquer un changement notable dans la boutique du barbier Perruchon; les deux anciens plats à barbe qui pendaient à l'enseigne, étaient renouvelés et brillaient comme de l'or; l'enseigne, muette jusqu'alors, portait en grandes lettres : « Célestin Perruchon, maître barbier-perruquier » : le mot artiste n'était pas encore inventé pour indiquer cette profession.

La boutique remise à neuf, brillait par

sa tenture en papier peint ; les scènes et les
personnages représentaient des batailles où
on distinguait l'uniforme des zouaves au beau
milieu des manteaux blancs des Arabes.
Ceux-ci tombaient sous les coups des zouaves comme les épis sous la faux du mois-
sonneur : un principal personnage tranchait
sur le tout, c'était un capitaine dont la
poitrine était ornée de deux croix ; un
autre attirait aussi l'attention, c'était un sergent de taille colossale et décoré ; sa baïonnette était tordue, et il faisait un moulinet
formidable avec son fusil la crosse en l'air.
Ce dessin avait été commandé à Paris par
Célestin Perruchon, qui s'était longtemps
consulté avec Phrosine, qui ayant plus d'imagination que son mari, avait désigné les
sujets et l'attitude des figures.

— Vois-tu, Célestin, ces figures rappelle-
ront à la pratique que nous avons l'honneur
de posséder un cousin capitaine et décoré,
et si quelqu'un s'avise encore de parler du
passé, on lui dira : Mais allez donc voir ce

qu'est devenu le jeune homme que vous cri-
tiquez, mon ami? Cela t'amènera de la clien-
tèle tout en relevant l'honneur de la famille.

Dame Phrosine avait raison, et ces pein-
tures, en attirant les pratiques, fournirent à
Célestin les occasions journalières de faire
l'éloge de son brave et vaillant cousin.

La première fois que le capitaine vit cette
décoration, il fronça le sourcil : le vrai courage ne se met pas en évidence; mais Phrosine lui expliqua son idée et son but, il
fallut en prendre son parti ; seulement; on
put remarquer que, lorsqu'il se rendait chez
Célestin, il ne passait plus par la boutique,
mais par une allée latérale. Il n'en était
pas ainsi du sergent l'Ordonnance ; il s'ar-
rêtait toujours en passant par la boutique,
et, se plaçant devant l'image du sergent, il
en critiquait toujours quelques parties;
tantôt c'était la moustache qu'il ne trouvait
pas assez retroussée, tantôt c'était le regard
qu'on n'avait pas rendu assez formidable; la

baïonnette aurait dû dégoutter de sang; mais ce qu'il blâmait principalement, c'était son énorme embonpoint.

— Voyez-vous, Célestin, disait-il, je buvais l'absinthe comme une éponge absorbe l'eau, aussi j'étais sec comme un clou; c'est aux conseils du capitaine que je dois mon embonpoint actuel.

Il eut fallu l'écrire au-dessus, et en toutes lettres, pour rendre hommage à la vérité; Célestin ne faisait aucune difficulté d'en convenir.

Le bien-être des vieux convives du déjeuner parut aussi avoir augmenté, sans qu'on sût de quelle manière cela se passait, et les bouches qui avaient raconté à leurs femmes et à leurs voisins, les méfaits du garnement de Jérôme Perruchon, ne laissaient plus sortir que des éloges enthousiastes. Quand le capitaine se rendait le dimanche à la messe, tous les yeux se tournaient vers lui, et la dame Perruchon, qui avait le bras passé sous

celui du cousin, se sentait plus grande,
plus respectable.

Jérôme fit beaucoup de bien autour de
lui : il fonda à l'hospice trois lits pour les
voyageurs pauvres.

— Ils sont en pays étranger ; pour eux,
dit-il, point de parents, point d'amis, point
de connaissances, ils n'ont et ne peuvent
avoir que la charité chrétienne; qu'elle ne
leur manque donc pas!

Jérôme qui, dans sa jeunesse, avait été
le destructeur des petits oiseaux, devint leur
plus grand protecteur.

Un jour, il dit au sergent l'Ordonnance :

— Comment te trouves-tu de la vie que
tu mènes ici?

— Pas trop mal, mon capitaine; cependant, il faut bien vous l'avouer, je m'en-
nuie un peu.

— Eh bien! je t'ai trouvé de quoi te

distraire, répondit le capitaine : Tu iras te promener dans la campagne, et toutes les fois que quelqu'un s'attaquera soit aux petits oiseaux, soit à leurs nids, tu deviendras le défenseur de ces êtres faibles et utiles. Tu feras comprendre à ces barbares, petits ou grands, qu'ils sont nécessaires sur la terre, que sans eux toutes les récoltes seraient dévorées par les insectes; tu leur diras qu'un seul moineau détruit pour lui et ses petits des milliers de chenilles par semaine.

— On ne m'écoutera pas toujours, dit le sergent.

— Cela se peut; mais à force de le leur dire, tu finiras par en convaincre quelques-uns; moi-même j'irai chez le maître d'école l'engager à défendre à ses écoliers de dénicher les nids. Si j'accepte la place de maire qui, je le sais, va bientôt m'être offerte, certes, ce n'est pas par ambition, mais sous peu, dans toute ma commune, les oiseaux, au lieu d'être pourchassés et traqués, trouvent partout asile et protection. Raconte-leur l'histoire de Frédéric-le-Grand, roi de Prusse, qui était fort gourmand, et aimait particulièrement les cerises. « Il avait de magnifiques cerisiers qui rapportaient d'excellents fruits; une année où les arbres n'avaient jamais donné de plus belles espérances, les cerises manquèrent complètement.

» On lui dit : — Si vous n'avez pas de cerises, Sire, c'est que les moineaux les ont mangées.

» — Qu'on tue, qu'on chasse les coquins! s'écria le roi furieux. Qui fut dit, fut fait : Voilà ces pauvres moineaux, jusque-là si paisibles et si heureux dans les jardins royaux, chassés, traqués, tués par milliers.

» La saison des cerises arriva. Frédéric guettait ses fruits avec anxiété; la récolte fut partout abondante excepté en Prusse. Il fallut dépenser beaucoup d'argent pour faire venir des fruits de l'étranger.

» L'année suivante, même déception : des cerises partout, excepté en Prusse !

» Le roi interrogea de nouveau ceux qui lui avaient dit que les moineaux mangeaient les cerises.

» — Sire, répondirent-ils humblement, les oiseaux mangent certainement beaucoup de cerises, mais ils mangent aussi de grandes quantités de chenilles et d'insectes nuisibles qui ravagent le cerisier dans sa fleur et le fruit dans son germe : il faut savoir faire la part du feu.

» Les jardins royaux furent repeuplés d'oiseaux de toutes sortes, et les années suivantes Frédéric put manger des cerises. »

— Raconte-leur cela, sergent, et qu'ils en fassent leur profit !...

Ainsi qu'il l'avait dit, Jérôme fut nommé maire de sa petite ville, et il s'acquit des droits à la reconnaissance publique par sa sage et paternelle administration.

Les sœurs de l'hospice, pour lesquelles il ressentait une profonde vénération, en souvenir de celle qui l'avait soigné en Afrique et sauvé, comme il le disait, son corps et son âme, les sœurs ne l'oubliaient pas dans leurs prières.

Fin.

Imp. A. Rigaud, Grande-Rue, 31, à Montrouge.